25094

SOCIÉTÉ LIBRE D'AGRICULTURE, SCIENCES, ARTS ET BELLES-LETTRES
du Département de l'Œure.

TRAVAUX PRÉPARATOIRES

DE LA

STATISTIQUE DÉPARTEMENTALE.

SPÉCIMEN

DU CATALOGUE DES PLANTES

DU DÉPARTEMENT DE L'EURE.

EVREUX,
TYPOGRAPHIE DE Jules ANCELLE,
IMPRIMEUR DE LA SOCIÉTÉ.
—
Octobre 1844.

1844

La *Société libre d'agriculture, sciences, arts et belles-lettres de l'Eure* se propose de publier la statistique du département ; cette partie si importante de l'ancienne province de Normandie. Une commission a été formée pour s'occuper de la direction des travaux et de la recherche des renseignements.

Le tableau des trois règnes de l'histoire naturelle exige la coopération de tous les naturalistes du département. La commission, comptant d'avance sur leur franche et bienveillante coopération pour donner tous les renseignements qu'ils possèdent, a pensé devoir faire imprimer d'abord ce *Spécimen du Catalogue des plantes* qui croissent *spontanément* dans le département (1). Ce travail préparatoire, disposé pour recevoir leurs indications, abrégera beaucoup le travail définitif, en traçant une marche uniforme. L'ordre suivi pour la classification est celui qui a été adopté par M. de Brébisson dans la *Flore de la Normandie*, d'après le *Botanicon, ou Flore de la France*, par Duby, et dans laquelle se trouve aussi la synonimie des anciens noms.

Déjà en 1820, M. Brouard, docteur médecin à Evreux, avait donné un Catalogue des plantes du département. Cependant ce travail, tout consciencieux qu'il était, a besoin, après vingt-quatre ans, d'être refait. On n'y comptait que 1,200 espèces ou variétés de plantes ; le projet du nouveau Catalogue en contient 1,700.

La commission insiste vivement auprès des botanistes qui recevront ce projet de catalogue, pour qu'ils veuillent bien indiquer aussi exactement que possible les noms vulgaires (moyen de populariser la science), et les écrire dans la colonne à ce destinée, à côté de celle qui est réservée à l'indication des localités. Elle recevra avec reconnaissance des échantillons, soit frais, soit desséchés, des plantes rares ou douteuses marquées dans le Catalogue par un astérisque. Ces plantes seraient placées dans l'Herbier départemental que l'on forme en ce moment, et inscrites avec le nom du donateur sur des étiquettes disposées à cet effet.

Dans le projet de Catalogue se trouvent quelques plantes non indiquées dans la *Flore de la Normandie*, n'ayant été récoltées que depuis deux ans. Elles sont suivies de la lettre N. Peut-être quelques-unes suivies du signe ? ne s'y rencontrent–elles réellement pas : peut-être encore de nouvelles y seront-elles ajoutées?

Les personnes qui, dans l'intérêt de la science et du pays, voudront bien examiner et compléter ce *Spécimen* sont priées de l'adresser, *avant le 1er décembre prochain*, avec les notes qu'elles y auront ajoutées, à M. TAVERNIER, secrétaire de la Commission de statistique, à Evreux.

Evreux, le 1er octobre 1844.

(1) Ce travail est dû à l'active collaboration de M. CHESNON, directeur de l'Ecole normale de l'Eure.

SPÉCIMEN

DU

CATALOGUE DES PLANTES

du département de l'Eure.

Renonculacées.		Nom vulgaire.	Localité.
—		—	—
CLEMATIS.	Vitalba...........		
THALICTRUM.	Flavum..........		
—	Minus...........?		
ANÉMONE.	Pulsatilla.........		
—	Nemorosa........		
—	Ranunculoïdes.		
HEPATICA.	Triloba. (N.).......		
ADONIS.	Autumnalis.......		
—	Flava ....*		
—	Æstivalis ....*		
MYOSURUS.	Minimus..........		
RANUNCULUS.	Aquatilis.		
—	V. *Heterophyllus*...		
—	— *Capillaceus*		
—	— *Cœspitosus*		
—	— *Stagnatilis*		
—	— *Peucedanifolius*.		
—	Tripartitus........		
—	Hederaceus.......		
—	V. *Erectus*		
—	Lingua...........		
—	Flammula.		
—	V. *Ovatus*........		

Renonculacées (suite).	Nom vulgaire.	Localité.
RANUNCULUS (suite). V. *Serratus*		
— — *Reptans*		
— Gramineus . . . . *		
— Sceleratus.		
— V. *Minimus*		
— Chœrophyllos . . . . . *		
— Auricomus.		
— Bulbosus.		
— Repens.		
— V. *Erectus*.		
— Lanuginosus . . . . . . *		
— Nemorosus.		
— Acris.		
— V. *Sylvaticus*		
— Multifidus.		
— Philonotis.		
— V. *Intermedius*.		
— Parvulus.		
— Parviflorus.		
— Arvensis.		
FICARIA. Ranunculoïdes.		
CALTHA. Palustris.		
ERANTHIS. Hyemalis . . . . *		
HELLEBORUS. Fœtidus.		
— Viridis.		
ISOPYRUM Thalictroïdes. . . . . ? *		
NIGELLA. Arvensis.		
AQUILEGIA. Vulgaris.		
DELPHINIUM. Consolida		
ACONITUM. Napellus.		

Renonculacées *(suite)*.		Nom vulgaire.	Localité.
ACTÆA.	Spicata............		
Berbéridées.			
BERBERIS.	Vulgaris..........		
Nymphéacées.			
NYMPHÆA.	Alba.............		
NUPHAR.	Lutea.		
Papavéracées.			
PAPAVER.	Officinale (**N.**)......		
—	Rhæas..		
—	Dubium.		
—	Hybridum.........		
—	Argemone........		
MECONOPSIS.	Cambrica ....?		
GLAUCIUM.	Flavum. ....?		
CHELIDONIUM.	Majus............		
Fumariées.			
CORYDALIS.	Bulbosa.		
—	Tuberosa		
—	Claviculata........		
FUMARIA.	Capreolata.		
—	Media.		
—	Officinalis.		
—	Vaillantii.		
—	Parviflora.		

Crucifères.		Nom vulgaire.	Localité.

RAPHANUS.	Raphanistrum.		
—	Maritimus. . . . . . .?		
SINAPIS.	Nigra.		
—	Arvensis.		
—	V. *Hispida*.		
—	Alba.		
—	Incana . . . .*		
BRASSICA.	Oleracea.		
—	Campestris		
—	Cheiranthos. . . . . . .*		
—	Erucastrum . . . .*		
ERUCA.	Sativa. . . . .*		
HESPERIS.	Matronalis.		
—	V. *Hortensis*.		
—	Sylvestris.		
CHEIRANTHUS.	Cheiri.		
—	V. *Fruticulosus* . . .?		
ALLIARIA.	Officinalis.		
MATHIOLA.	Sinuata . . . .?		
ERYSIMUM.	Cheiranthoïdes.		
—	Perfoliatum . . . .*		
BARBAREA.	Vulgaris.		
—	Præcox . . . .?		
TURRITIS.	Glabra.		
ARABIS.	Sagittata . . . .*		
—	Hirsuta . . . .*		
—	Arenosa.		
—	Thaliana.		
CARDAMINE.	Amara.		

Crucifères (suite).	Nom vulgaire.	Localité.
CARDAMINE (suite). Pratensis..........		
— Impatiens.		
— Sylvatica.		
— Hirsuta.		
DENTARIA. Bulbifera.........		
DIPLOTAXIS. Muralis . ...?		
—. Tenuifolia..		
SISYMBRIUM. Officinale.........		
— Irio.		
— Losellii . ...?		
— Sophia.		
NASTURTIUM. Officinale.........		
— V. Siifolium ......*		
— Amphibium.		
— Sylvestre.........		
— Palustre..........		
LUNARIA. Biennis ....?		
BISCUTELLA. Lævigata ....*		
ALYSSUM. Campestre........		
— Calycinum ....*		
DRABA. Muralis .. ..*		
EROPHILA. Vulgaris.		
COCHLEARIA. Armoracia........		
— Officinalis..		
— Anglica ....*		
— Danica ....?		
SENEBIERA. Coronopus....... .		
LEPIDIUM. Draba...........?		
— Iberis (N.)........*		
— Sativum..		

Crucifères (*suite*).		Nom vulgaire.	Localité.
LEPIDIUM (*suite*).	Campestre.........		
—	V. *Prostratum*.....		
—	Heterophyllum.....		
—	Ruderale.		
—	Latifolium.		
—	Petræum ....?		
THLASPI.	Arvense...........		
—	Perfoliatum ....*		
—	Montanum........		
TEESDALIA.	Iberis		
IBERIS.	Amara...........		
—	Intermedia........?		
CAPSELLA.	Bursa pastoris.....		
ISATIS.	Tinctoria.........		
CAMELINA.	Sativa...........		
—	Dentata.		
NESLIA.	Paniculata.......*		
CAKILE.	Maritima........?		
CRAMBE.	Maritima ....?		

Cistinées.

HELIANTHEMUM.	Fumana		
—	Vulgare.		
—	Guttatum.........		
—	V. *Plantagineum*...		
—	— *Immaculatum*...		
—	Marifolium		
—	Apenninum.......		
—	Pulverulentum		

Violariées.	Nom vulgaire.	Localité.
	—	—
VIOLA. Palustris .... *		
— Hirta		
— Odorata.		
— Canina		
— V. *Collina*		
— *— Apetala*		
— Lancifolia. .... *		
— Tricolor		
— V. *Hortensis*		
— *— Degener*		
— *— Arvensis*		
— *— Nana*.		
— Rothomagensis.....		

Résédacées.
—

RESEDA. Luteola		
— Lutea............		
— Phyteuma.......? `		

Droséracées.
—

DROSERA. Rotundifolia.		
— Intermedia		
— Anglica.		
PARNASSIA. Palustris .... *		

Polygalées.
—

POLYGALA. Amara...........		
— Austriaca .... *		
— Vulgaris		

2

Polygalées (suite).	Nom vulgaire.	Localité.
POLYGALA (suite). V. *Grandiflora*.....		
— Oxyptera.........*		
— Serpyllacea.......		
— V. *Pyxophylla*.....		

Frankéniacées.

FRANKENIA. Levis........ ...?		

Caryophyllées.

DIANTHUS. Prolifer..........		
— V. *Diminutus*.....		
— Armeria		
— Carthusianorum		
— Caryophyllus.......		
— Deltoïdes ... ...? *		
— Gallicus .... ? *		
GYPSOPHILA. Muralis		
SAPONARIA. Officinalis		
— Vaccaria		
CUCUBALUS. Baccifer .... *		
SILENE. Inflata		
— V. *Maritima*		
— Otites...........*		
— Conica...........		
— Conoïdea......... *		
— Gallica .... *		
— V. *Divaricata* ....*		
— Quinquevulnera... *		
— V. *Cerastoïdes* ...*		
— Nutans...........		

Caryophyllées (suite).		Nom vulgaire.	Localité.
AGROSTEMMA.	Githago.		
LYCHNIS.	Viscaria . . . . *		
—	Sylvestris.		
—	Dioïca		
—	Flos-Cuculi		
SAGINA.	Procumbeus.		
—	Apetala		
—	Erecta.		
ELATINE.	Hexandra.		
HOLOSTEUM.	Umbellatum		
SPERGULA.	Arvensis		
—	Pentendra.		
—	Nodosa. . . . . ? *		
—	Subulata . . . . ? *		
LARBREA.	Aquatica.		
STELLARIA.	Nemorum. . . . . . . ? *		
—	Media		
—	V. Pratensis		
—	— Apetala		
—	Holostea		
—	Graminea		
—	Glauca.		
MALACHIUM.	Aquaticum.		
CERASTIUM.	Vulgatum		
—	Sylvaticum		
—	Tetrandrum		
—	Viscosum		
—	V. Glomeratum		
—	Semidecandrum. . . .		
—	V. Pellucidum		

Caryophyllées (suite).		Nom vulgaire.	Localité.
Cerastium (suite).	Brachypetalum.....		
—	Arvense..........		
Arenaria.	Segetalis .... *		
—	Rubra		
—	V. *Marina*.......		
—	Media		
—	Tenuifolia........		
—	V. *Barrelieri*		
—	— *Viscidula*		
—	Montana .... *		
—	Trinervia.........		
—	Serpyllifolia		
Adenarium.	Peploïdes .... ?		

Linées.

Linum.	Usitatissimum		
—	Angustifolium......		
—	Tenuifolium		
—	Maritimum .... ?		
—	Gallicum .... ?		
—	Catharcticum......		
Radiola.	Linoïdes.......... *		

Malvacées.

Malva.	Sylvestris		
—	Rotundifolia		
—	V. *Vulgaris*		
—	Moschata		
—	V. *Laciniata*		

Malvacées (*suite*).	Nom vulgaire.	Localité.
Malva (*suite*). Alcæa		
— V. *Fastigiata.*		
Lavatera. Arborea		
Althæa. Officinalis		
— Hirsuta.		

Tiliacées.

Tilia. Platyphylla		
— Microphylla		

Hypéricinées.

Hypericum. Perforatum........		
— Quadrangulum ....?		
— Tetrapterum ..... *		
— Humifusum........		
— Montanum.........		
— Pulchrum		
— Linearifolium		
— Hirsutum..........		
— Elodes .... *		
Androsoemum. Officinale.		

Acerinées.

Acer. Campestre		
— Pseudoplatanus.....		

Hippocastanées.

Æsculus. Hippocastanum.		

Ampélidées.	Nom vulgaire.	Localité.
Vitis. Vinifera.		
Géraniacées.		
Geranium. Sanguineum ...... *		
— Robertianum		
— Pratense .... *		
— Rotundifolium......		
— **Lucidum** .... ?		
— Dissectum.		
— Columbinum.		
— Molle............		
— Pusillum		
Erodium. Cicutarum		
— V. *Præcox*		
— *— Pimpinellifolium*.		
— Moschatum.......		
— Botrys.......... ?		
— Malachoïdes. ..... ?		
— Maritimum .... ?		
Balsaminées.		
Impatiens, Noli tangere...... ?		
Oxalidées.		
Oxalis. Acetosella.........		
— Stricta		
— Corniculata.		
— V. *Villosa*.........		

		Nom vulgaire.	Localité.
Rutacées.			
	—		
Ruta.	Graveolens .... ?		
Célastrinées.			
	—		
Evonymus.	Europœus..		
Ilicinées.			
	—		
Ilex.	Aquifolium.......		
Rhamnées.			
	—		
Rhamnus.	Catharticus		
—	Frangula.		
Thérébinthacées.			
	—		
Rhus.	Radicans.........		
Légumineuses.			
	—		
Ulex.	Europœus........		
—	Nanus.		
Genista.	Anglica..........		
—	Tinctoria.........		
—	V. *Latifolia*		
—	Sagittalis.........		
—	Pilosa		
Cytisus.	Scoparius		
Ononis.	Procurrens.		
—	V. *Repens*........		
—	Spinosa		
—	V. *Glabra*........		

Légumineuses (suite).	Nom vulgaire.	Localité.
ONIONIS (*suite*). Natrix		
— Columnæ.		
MEDICAGO. Sativa		
— Falcata		
— Lupulina		
— V. *Willdenowii* . . .		
— Orbicularis. . . . . . . *		
— Apiculata . . . . *		
— Denticulata . . . . *		
— Maculata.		
— Minima		
— Gerardi. . . . . *		
TRIGONELLA. Ornithopodioïdes . . .		
MELILOTUS. Officinalis		
— Arvensis		
— Leucantha. . . . . *		
TRIFOLIUM. Repens		
— Michelianum . . . . . ?		
— Glomeratum . . . . . . ?		
— Incarnatum.		
— Arvense		
— V. *Gracile*		
— — *Littorale*		
— Striatum. . . . . *		
— Tenuiflorum . . . . . . *		
— Scabrum		
— Maritimum. . . . . . . ?		
— Ochroleucum		
— Squarrosum . . . . . . ?		
— Medium		

Légumineuses (suite).		Nom vulgaire.	Localité.
TRIFOLIUM (suite).	Pratense	—	—
—	Sativum..........		
—	Diffusum........ *		
—	Subterraneum .... *		
—	Resupinatum......?		
—	Fragiferum........		
—	Agrarium		
—	Procumbens		
—	V. *Campestre*......		
—	Parisiense.........		
—	Filiforme		
—	V. *Dubium*....... *		
—	— *Pauciflorum*... *		
LOTUS.	Corniculatus		
—	V. *Major*		
—	— *Tenuifolius*.....		
—	Angustissimus......		
TETRAGONOLOBUS.	Siliquosus .... *		
PHASEOLUS.	Vulgaris		
ANTHYLLIS.	Vulneraria		
—	V. *Sericea* .... ?		
ASTRAGALUS.	Glycyphyllos		
—	Monspessulanus		
—	Cicer............ *		
—	Bayonnensis...... ?		
CORONILLA.	Emerus.		
—	Minima.......... *		
—	Varia............		
ORNITHOPUS.	Perpusillus		
—	Compressus.		

3

Légumineuses (suite).	Nom vulgaire.	Localité.
HYPOCREPIS. Comosa..........		
ONOBRYCHIS. Sativa		
FABA. Vulgaris		
ERVUM. Ervilia.......... '		
— Tetraspermum.... '		
— Gracile .... '		
— Lens.............		
— Hirsutum.........		
VICIA. Cracca		
— Gerardi......... '		
— Sativa		
— V. Segetalis		
— — Angustifolia		
— — Nemoralis......		
— Sepium		
— Peregrina........ ?		
— Lathyroïdes ...... '		
— Lutea............		
— Hybrida .... ?		
PISUM. Sativum		
— V. Arvense.......		
— Maritimum....... ?		
LATHYRUS. Sylvestris		
— Pratensis.........		
— Tuberosus........ '		
— Palustris......... '		
— Hirsutus		
— Sativus...........		
— Cicera.......... '		
— Nissolia....		

Légumineuses (suite).	Nom vulgaire.	Localité.
LATHYRUS (suite).	Aphaca		
OROBUS.	Tuberosus		
—	V. *Tenuifolius*		
—	Albus .... *		

Rosacées.

AMYGDALUS.	Communis		
PERSICA.	Vulgaris		
ARMENIACA.	Vulgaris		
PRUNUS.	Spinosa		
—	Domestica		
CERASUS.	Lauro-Cerasus		
—	Vulgaris		
—	Avium		
CRATÆGUS.	Oxyacantha		
—	V. *Vulgaris*		
—	— *Oxyacanthoïdes* .		
—	— *Laciniata*		
AMELANCHIER.	Vulgaris		
MESPILUS.	Germanica		
PYRUS.	Communis		
—	Malus		
—	Acerba		
—	Aria .... *		
—	Torminalis .... *		
—	Sorbus		
—	Aucuparia		
CYDONIA.	Vulgaris		
ROSA.	Arvensis		
—	V. *Repens*		

Rosacées (suite).	Nom vulgaire.	Localité.
Rosa (suite). V. *Microphylla* ... *		
— — *Ovoïdea* ...... *		
— — *Stylosa* .... *		
— — *Bibracteata* ... *		
— Gallica, ...		
— Pimpinellifolia .... *		
— V. *Myriacantha* .. *		
— Canina		
— V. *Fastigiata* ..... *		
— — *Leucantha* ..... *		
— — *Andegavensis* .. *		
— — *Luteliana* ..... *		
— — *Urbica* .... *		
— — *Angustifolia* ... *		
— Rubiginosa		
— V. *Hirta* .... *		
— — *Umbellata* ..... *		
— — *Tenuiglandulosa* *		
— — *Sepium* .... *		
— — *Biserrata*		
— Villosa		
— V. *Fœtida* .... *		
— — *Dumetorum* ... *		
— — *Tomentosa* .... *		
Geum. Urbanum		
— Rivale .... *		
Rubus. Idœus		
— Fruticosus		
— V. *Tomentosus* .... *		
— — *Glandulosus* ... *		

Rosacées (suite).		Nom vulgaire.	Localité.
RUBUS (suite).	V. *Plicatus* ...... *		
—	— *Corylifolius* ... *		
—	Cœsius		
FRAGARIA.	Vesca...........		
POTENTILLA.	Comarum .... *		
—	Reptans..........		
—	Verna		
—	Argentea.........		
—	Recta........... ?		
—	Anserina.........		
—	Alba .... *		
—	Fragaria		
—	Tormentilla.......		
—	V. *Reptans*		
AGRIMONIA.	Eupatoria		
—	V. *Odorata*.......		
SPIRÆA.	Ulmaria..........		
—	V. *Denudata*		
—	Filipendula		
ALCHIMILLA.	Vulgaris .... *		
—	Aphanes		
SANQUISORBA.	Officinalis.		
POTERIUM.	Sanguisorba		

Cucurbitacées.

—

| BRYONIA. | Dioïca .... | | |

Onagrariées.

—

| EPILOBIUM. | Spicatum .... | | |

Onagrariées (*suite*).		Nom vulgaire.	Localité.
EPILOBIUM (*suite*).	Hirsutum.........		
—	Molle............		
—	V. *Intermedium* ...		
—	Montanum........		
—	V. *Gracile*		
—	Tetragonum		
—	Palustre		
OENOTHERA.	Biennis		
ISNARDIA.	Palustris		
CIRCÆA.	Lutetiana		
TRAPA.	Natans..........?		

Haloragées.

MYRIOPHYLLUM.	Spicatum.........		
—	Alternifolium		
—	Pectinatum		
—	Verticillatum		
—	V. *Limosum*......		
CALLITRICHE.	Aquatica.........		
—	V. *Verna*		
—	— *Autumnalis*.....		
—	— *Pedunculata* ...		
HIPPURIS.	Vulgaris.		

Cératophyllées.

CERATOPHILLUM.	Demersum........		
—	Submersum		

Lithrariées.	Nom vulgaire.	Localité.
LYTHRUM. Salicaria		
— Hyssopifolium		
PEPLIS. Portula		
Tamariscinées.		
TAMARIX. Gallica..........		
Portulacées.		
PORTULACA. Oleracea		
MONTIA. Fontana..........		
— V. *Major*		
Paronychiées.		
CORRIGIOLA. Littoralis.........?		
HERNIARIA. Vulgaris..........		
— V. *Glabra*........		
— — *Hirsuta*		
ILLECEBRUM. Verticillatum		
POLYCARPON. Tetraphyllum .....?		
SCLERANTHUS. Perennis		
— Annuus.		
— V. *Collinus*		
Crassulacées.		
SEMPERVIVUM. Tectorum		
SEDUM. Telephium		
— Cepæa.		
— Album..........		

Crassulacées (suite).		Nom vulgaire.	Localité.
SEDUM (suite).	Rubens		
—	Dasyphyllum ..... *		
—	Anglicum .... *		
—	Acre		
—	Sexangulare...... *		
—	Reflexum		
—	V. *Cristatum*		
TILLÆA.	Muscosa......... *		
BULLIARDA.	Vaillantii........ *		
UMBILICUS.	Pendulinus .... ?		

Grossulariées.

—

RIBES.	Rubrum		
—	Nigrum		
—	Uva-Crispa		
—	V. *Sativum*........		

Saxifragées.

—

SAXIFRAGA. .	Granulata		
—	Tridactylites.......		
—	V. *Pusilla*........		
CHRISOSPLENIUM.	Oppósitifolium		
—	Alternifolium		
ADOXA.	Moschatellina.		

Ombellifères.

—

ANGELICA.	Sylvestris		
HERACLEUM.	Spondylium........		

Ombellifères (suite).		Nom vulgaire.	Localité.
TORDYLIUM.	Maximum........ *	—	—
PASTINACA.	Sativa............		
PEUCEDANUM.	Officinale........ *		
—	Parisiense........ *		
—	Chabræi......... *		
SELINUM.	Carvifolia .... *		
ORLAYA.	Grandiflora.......		
CAUCALIS.	Latifolia .... *		
—	Daucoïdes........		
—	Anthriscus		
—	Arvensis		
—	Nodosa		
—	Scandicina........		
DAUCUS.	Carota.		
—	V. *Hispidus*......?		
CORIANDRUM.	Sativum..........		
SILAUS.	Pratensis		
CRITHMUM.	Maritimum.......?		
OENANTHE.	Fistulosa......... *		
—	Peucedanifolia.... *		
—	Pimpinelloïdes.... *		
—	V. *Chœrophylloïdes*.		
—	Crocata .... *		
PHELLANDRIUM.	Aquaticum		
PIMPINELLA.	Magna...........		
—	Saxifraga.........		
—	V. *Nigra*.........		
—	Dissecta		
CARUM.	Bulbocastanum....?		
—	Verticillatum		

Ombellifères (suite).		Nom vulgaire.	Localité.
Bunium.	Denudatum.......		
Ammi.	Majus........... *		
—	V. Glaucifolium... *		
Apium.	Graveolens		
—	Petroselinum		
Trinnia.	Glaberrima (N.)		
Sium.	Latifolium........		
—	Angustifolium......		
—	Nodiflorum.......		
—	Repens.......... '		
—	Segetum .... *		
—	Amomum........ *		
—	Inundatum .... *		
Ægopodium.	Podagraria		
Smyrnium.	Olusatrum........?		
Foeniculum.	Officinale		
Seseli.	Libanotis		
—	Montanum		
—	V. Glaucum.......		
Cicuta.	Virosa.......... ?		
Conium.	Maculatum		
Æthusa.	Cynapium		
Scandix.	Pecten Veneris.....		
Chærophillum.	Sylvestre.		
—	Temulum.........		
—	Cerefolium		
Buplevrum.	Rotundifolium.....		
—	Falcatum.........		
—	V. Petiolare ..... '		
—	Aristatum........ *		

Ombellifères (suite).		Nom vulgaire.	Localité.
Buplevrum (suite).	Tenuissimum...... *		
Sanicula.	Europæa		
Hydrocotyle.	Vulgaris		
Eryngium.	Campestre........		
—	Maritimum..... .. ?		

Caprifoliacées.
—

Lonicera.	Periclymenum		
Viburnum.	Lantana..........		
—	Opulus...........		
Sambucus.	Nigra		
—	Ebulus...........		
Cornus.	Mas.		
—	Sanguinea........		
Hedera.	Helix...........		

Loranthées.
—

Viscum.	Album...........		

Rubiacées.
—

Rubia.	Peregrina........ *		
—	Lucida........... *		
Asperula.	Odorata..........		
—	Arvensis .... *		
—	Cynanchica.......		
Sherardia.	Arvensis		
Galium.	Cruciatum........		
—	Verum		

Rubiacées (*suite*).		Nom vulgaire.	Localité.
GALIUM (*suite*).	V. *Asparagifolium* ˙		
—	— *Littorale* . . . . . . ?		
—	Uliginosum		
—	Palustre		
—	V. *Constrictum*		
—	Mollugo.		
—	V. *Elatum*		
—	— *Scabrum*.		
—	Sylvestre.		
—	V. *Glabrum*.		
—	— *Bocconi*.		
—	Saxatile.		
—	Anglicum.		
—	V. *Parisiense*		
—	Aparine		
—	Spurium		
—	V. *Vaillantii*		
—	Tricorne		

Valérianées.

—

VALERIANA.	Officinalis		
—	Dioïca		
—	Rubra		
VALERIANELLA.	Olitoria		
—	Carinata. . . . . ˙		
—	Auricula. . . . . ˙		
—	Eriocarpa. . . . . ˙		
—	Dentata		
—	Coronata. . . . . ˙		

Valérianées (suite).	Nom vulgaire.	Localité.
VALERIANELLA (suite) Vesicaria . . . . ?		

Dipsacées.

—

DIPSACUS.	Sylvestris		
—	Fullonum		
—	Pilosus.		
SCABIOSA.	Succisa		
—	Columbaria		
—	Suaveolens . . . . ?		
—	Arvensis		

Corymbifères.

—

EUPATORIUM.	Cannabinum		
TUSSILAGO.	Farfara		
—	Petasites		
CINERARIA.	Campestris		
—	V. Integrifolia		
—	Palustris . . . . *		
SENECIO.	Vulgaris		
—	Artemisœfolius . . . ?		
—	Jacobæa		
—	V. Incanus		
—	Erucœfolius		
—	V. Tenuifolius		
—	Aquaticus . . . . *		
—	Erraticus . . . . *		
—	Paludosus . . . . *		
—	Sylvaticus		
—	Viscosus		

Corymbyfères (suite).		Nom vulgaire.	Localité.
DORONICUM.	Pardalianches......		
—	Plantagineum.		
CHRYSOCOMA.	Linosyris		
ASTER.	Tripolium........ ?		
ERIGERON.	Acre		
—	V. *Murale*........		
—	Canadense........		
—	Graveolens .... ?		
SOLIDAGO.	Virga aurea		
CONYZA.	Squarrosa		
INULA.	Helenium		
—	Chrithmoïdes..... ?		
—	Britanica.		
—	Salicina.......... ?		
—	Dysenterica		
—	Pulicaria		
GNAPHALIUM.	Luteo-album.......		
—	V. *Prostratum*.....		
—	Uliginosum		
—	Sylvaticum		
—	V. *Lœvum*		
—	Germanicum.......		
—	Arvense		
—	Montanum		
—	Gallicum		
—	Dioïcum		
BELLIS.	Perennis		
CHRYSANTHEMUM.	Segetum		
—	Leucanthemum		
—	V. *Uniflorum*......		

Corymbifères (suite).	Nom vulgaire.	Localité.
CHRYSANTHEM.(suite)Parthenium........		
— Inodorum		
— Maritimum....... ?		
MATRICARIA. Chamomilla....... ?		
ANTHEMIS. Nobilis		
— Cotula		
— Arvensis .... •		
ACHILLEA. Millefolium.......		
— V. *Compacta*		
— Ptarmica..........		
ARTEMISIA. Absinthium.......		
— Maritima......... ?		
— Campestris....... •		
— Vulgaris..........		
TANACETUM. Vulgare..........		
DIOTIS. Candidissima ..... ?		
XANTHIUM. Strumarium...... •		
BIDENS. Tripartita		
— V. *Bipinnatifida*...		
— Cernua		
CALENDULA. Arvensis		

Cynarocéphales.

LAPPA. Tomentosa		
— Major		
— Minor		
ONOPORDUM. Acanthium		
SILYBUM. Marianum........		
CARDUUS. Nutans..........		

Cynarocéphales (suite).		Nom vulgaire.	Localité.
CARDUUS (suite).	Crispus...........		
—	Acanthoïdes.......		
—	Tenuiflorus.......		
SERRATULA.	Tinctoria.........		
—	V. Integrifolia.....		
—	— Pinnatifida....		
CIRSIUM.	Palustre......... `		
—	Lanceolatum......		
—	Arvense..........		
—	Eriophorum.......		
—	V. Spathulatum....		
—	Oleraceum....... `		
—	Tuberosum....... `		
—	Anglicum.........		
—	Acaule...........		
CYNARA.	Scolymus.........		
—	Cardunculus.......		
CENTAUREA.	Jacea............		
—	V. Angustifolia....		
—	— Elata..........		
—	Nigrescens........		
—	V. Foliosa........		
—	Nigra............		
—	Cyanus...........		
—	Scabiosa..........		
—	Solstitialis........		
—	Calcitrapa.........		
CENTROPHYLLUM.	Lanatum..........		
CARLINA.	Vulgaris..........		

Chicoracées.	Nom vulgaire.	Localité.
Sonchus. Oleraceus		
— V. *Asper*		
— Arvensis		
— Palustris .... *		
Lactuca. Scariola		
— Virosa		
— Saligna		
— Perennis		
Chondrilla. Muralis		
— Juncea		
Prenanthes. Pulchra .... *		
Barkhausia. Fœtida		
— Taraxicifolia		
Crepis. Biennis		
— Tectorum .... *		
— Virens.		
— V. *Diffusa*		
— *Scabra*		
— Agrestis		
Taraxacum. Dens-Leonis		
— V. *Laciniatum*		
— Lævigatum		
— Palustre		
— V. *Lanceolatum*		
Helminthia. Picrioïdes .... *		
Picris. Hieracioïdes		
— Pyrenaïca .... *		
Hieracium. Sabaudum		
— V. *Lanceolatum* ...		

5

Chicoracées (suite).		Nom vulgaire.	Localité.
HIERACIUM (suite).	V. Sylvestre		
—	— Villosum.......		
—	— Umbrosum		
—	— Angustifolium ..		
—	Umbellatum		
—	V. Grandiflorum...		
—	— Puberulum.....		
—	— Ovatifolium		
—	Sylvaticum		
—	V. Maculatum.....		
—	Murorum.........		
—	V. Maculatum.....		
—	— Villosum.......		
—	— Lanceolatum ...		
—	— Pictum		
—	Auricula		
—	V. Ramosum		
—	— Coarctatum		
—	— Monocalathidum		
—	Pilosella		
—	V. Lanceolatum....		
—	— Subnudum		
—	Peleterianum		
HYPOCHÆRIS.	Radicata		
—	Glabra...........		
TRAGOPOGON.	Pratensis..........		
—	Majus............		
SCORZONERA.	Hispanica		
—	Humilis...........		
—	V. Ramosa.......		

Chicoracées (*suite*).		Nom vulgaire.	Localité.
Scorzonera (*suite*).	V. *Linearifolia*		
Podospermum.	Laciniatum........		
Leontodon.	Autumnale		
—	V. *Villosum*.......		
—	— *Simplex*		
—	— *Linearifolium* ..		
—	Hispidum		
Thrincia.	Hirta............		
—	V. *Cinerea*.......		
Chicorium.	Intibus............		
—	Endivia..........		
Lapsana.	Communis........		
—	Minima..........		

Campanulacées.

—

Lobelia.	Ureus		
Jasione.	Montana.........		
—	V. *Maritima*		
Phyteuma.	Spicatum.........		
—	V. *Villosum*......		
—	Orbiculare		
Campanula.	Trachelium.......		
—	Rapunculoïdes....		
—	Glomerata........		
—	Rotundifolia		
—	Hederacea.......		
—	Persicifolia		
—	Rapunculus........		
—	Patula		

Campanulacées (suite).	Nom vulgaire.	Localité.
PRISMATOCARPUS. Speculum		
— Hybridus.........		

Ericacées.

ERICA. Cinerea.		
— Ciliaris .... ?		
— Tetralix.		
— Multiflora .... ?		
— Scoparia........ ?		
CALLUNA. Vulgaris		
— V. *Tomentosa*		
ANDROMEDA. Polifolia .... ?		
PYROLA. Rotundifolia...... ?		
— Minor		
VACCINIUM. Myrtillus		
— Oxicoccos .... ?		

Monotropées.

MONOTROPA. Hypopitys.........		

Jasminées.

LIGUSTRUM. Vulgare..........		
JASMINUM. Officinale		
FRAXINUS. Excelsior.........		

Apocynées.

CYNANCHUM. Vincetoxicum.		
VINCA. Major...........		

Apocynées (suite).	Nom vulgaire.	Localité.
Vinca (suite). Minor		
Gentianées.		
Menyanthes. Trifoliata.........		
Villarsia. Nymphoïdes...... *		
Chlora. Perfoliata		
Gentiana. Pneumonanthe		
— Germanica		
— Amarella..........		
— Campestris		
— Cruciata..........		
Erythræa. Centaurium........		
— V. *Fasciculata*.....		
— *— Palustris*.......		
— Pulchella......... *		
Exacum. Filiforme......... *		
— Pusillum. .... *		
— Candollii .... *		
Convolvulacées.		
Convolvulus. Sepium...........		
— Soldanella........ ?		
— Arvensis		
Cuscuta. Major		
— Minor		
— Epilinum..........		

Borraginées.		Nom vulgaire.	Localité.
BORRAGO.	Officinalis		
CYNOGLOSSUM.	Officinale.........		
ASPERUGO.	Procumbens...... *		
ANCHUSA.	Italica............		
—	Sempervirens......		
LYCOPSIS.	Arvensis		
MYOSOTIS.	Lappula.......... *		
—	Arvensis		
—	Intermedia....... *		
—	Collina...........		
—	Versicolor........		
—	Palustris		
—	Laxiflora		
SYMPHYTUM.	Officinale		
PULMONARIA.	Officinalis		
—	Angustifolia		
ECHIUM.	Vulgare..........		
LITHOSPERMUM.	Officinale.........		
—	Arvense		
HELIOTROPIUM.	Europæum		

Solanées.

LYCIUM.	Europæum		
SOLANUM.	Dulcamara		
—	Nigrum		
—	V. *Miniatum*.		
—	— *Humile*		
—	— *Ochroleucum* ...		

Solanées (suite).		Nom vulgaire.	Localité.
SOLANUM (suite).	Villosum		
—	Tuberosum		
PHYSALIS.	Alkekengi		
ATROPA.	Belladona		
DATURA.	Stramonium		
HYOSCYAMUS.	Niger............		
VERBASCUM.	Thapsus..........		
—	V. *Thapsoïdes*......		
—	Thapsiforme...... *		
—	Phlomoïdes........		
—	Floccosum........		
—	Pulverulentum		
—	Lychnitis..........		
—	V. *Album*		
—	Nigrum		
—	V. *Alopecurus*		
—	Blattaria		

Scrophulariées.

—

DIGITALIS.	Purpurea		
—	Lutea............		
GRATIOLA.	Officinalis........ *		
SCROPHULARIA.	Aquatica..........		
—	Nodosa		
—	Vernalis..........		
—	Scorodonia .... ?		
LINARIA.	Cymbalaria		
—	Spuria		
—	Elatine		

Scrophulariées (suite).	Nom vulgaire.	Localité.
LINARIA (suite). Vulgaris		
— Supina.		
— Arenaria .... ?		
— Striata		
— V. *Galioïdes*		
— — *Stricta*		
— Arvensis		
— Minor.............		
ANTIRRHINUM. Majus		
— Minus		
LIMOSELLA. Aquatica		
BARTSIA. Viscosa		
RHINANTHUS. Crista Galli		
— V. *Hirsuta*		
— — *Secunda*		
PEDICULARIS. Palustris...........		
— Sylvatica		
MELAMPYRUM. Arvense		
— Cristatum		
— Pratense		
EUPHRASIA. Officinalis		
— V. *Grandiflora*.....		
— — *Fastigiata*		
— — *Foliacea*		
— — *Gracilis*........		
— Odontites..........		
SIBTHORPIA. Europæa .... ?		
VERONICA. Beccabunga........		
— Anagallis..........		
— Scutellata		

Scrophulariées (*suite*).	Nom vulgaire.	Localité.
VERONICA (*suite*). V. *Velutina*		
— Teucrium.........		
— Prostrata.........		
— Chamœdrys.......		
— Montana		
— Officinalis		
— Spicata...........		
— V. *Interrupta*.....		
— Serpilifolia........		
— Acinifolia		
— Verna		
— Prœcox		
— Triphyllos.		
— Agrestis		
— Arvensis		
— Hederæfolia		

Orobanchées.

—

OROBANCHE. Major.............		
— Rapum		
— V. *Ulicis*.........		
— Medicaginis.......		
— Galii.............		
— Minor...........		
— V. *Trifolii Repentis.*		
— Hederæ..........		
— Loti		
— V. *Hypocrepidis* ...		
— Concolor		

6

Orobanchées (*suite*).	Nom vulgaire.	Localité.
OROBANCHE (*suite*). Epithymum........		
— Cœrulea		
— Ramosa		
LATHRÆA. Clandestina.......?		
— Squammaria......		

Labiées.

—

LYCOPUS. Europæus		
SALVIA. Pratensis..........		
— Sclarea		
— Verbenaca		
AJUGA. Reptans..........		
— Pyramidalis.......		
— V. *Genevensis*		
— Chamæpytis.......		
TEUCRIUM. Scorodonia		
— Scordium		
— Chamædrys........		
— Montanum		
— Bothrys		
HYSSOPUS. Officinalis		
NEPETA. Cataria...........		
— V. *Citriodora*.....?		
GALEOBDOLUM. Luteum		
LEONURUS. Cardiaca.		
MARRUBIUM. Vulgare...........		
BALLOTA. Fœtida...........		
BETONICA. Officinalis		
— V. *Hirta*		

Labiées (suite).		Nom vulgaire.	Localité.
GALEOPSIS.	Grandiflora........		
—	Ladanum..........		
—	Tetrahit..........		
LAMIUM.	Album.		
—	Purpureum........		
—	Incisum. ....*		
—	Amplexicaule......		
GLECHOMA.	Hederacea........		
—	V. Minor		
STACHYS.	Alpina...........*		
—	Germanica........		
—	Sylvatica		
—	Palustris		
—	Recta............		
—	Annua		
—	Arvensis		
MENTHA.	Sylvestris ....*		
—	V. Latifolia		
—	Rotundifolia		
—	Viridis		
—	Piperita..........		
—	Aquatica		
—	V. Canescens		
—	— Albicaulis		
—	Arvensis		
—	Sativa		
—	Palustris......... ?		
—	Rubra........... ?		
—	Pulegium..........		
THYMUS.	Serpyllum.		

Labiées (*suite*).	Nom vulgaire.	Localité.
THYMUS (*suite*). V. *Major*		
— — *Lanuginosus*....		
— — *Citriodorus*.... *		
— Acinos...........		
— Nepeta		
— Calamintha		
MELISSA. Officinalis		
MELLITIS. Melissophyllum		
CLINOPODIUM. Vulgare..........		
ORIGANUM. Vulgare..........		
— V. *Thymiflorum*....		
BRUNELLA. Vulgaris		
— Laciniata.........		
— Grandiflora.......		
— V. *Hastæfolia*		
SCUTELLARIA. Galericulata		
— Minor........... *		

Verbenacées.

—

VERBENA. Officinalis		

Utriculinées.

—

UTRICULARIA. Vulgaris		
— Intermedia .... *		
— Minor........... *		
PINGUICULA. Vulgaris .... *		
— Lusitanica........ *		

Primulacées.		Nom vulgaire.	Localité.
Hottonia.	Palustris		
Lysimachia.	Vulgaris		
—	Numularia........		
—	Nemorum		
Anagallis.	Phœnicea.........		
—	Cœrulæa.		
—	Tenella .... *		
Centunculus.	Minimus .... *		
Primula.	Officinalis.		
—	Grandiflora		
—	Elatior...........		
Samolus.	Valerandi.........		
Glaux.	Maritima........ *		
Globulariées.			
Globularia.	Vulgaris..........		
Plumbaginées.			
Statice.	Limonium		
—	Oleæfolia.........		
—	Armeria..........		
—	V. *Maritima*.......		
—	Arenaria........ *		
—	Plantaginea.......		
Plantaginées.			
Plantago.	Major		

Plantaginées (suite).	Nom vulgaire.	Localité.
PLANTAGO (suite). Media		
— Lanceolata.........		
— Maritima......... ?		
— Graminea .... ?		
— Coronopus.........		
— Arenaria		
LITTORELLA. Lacustris......... *		

Amaranthacées.

AMARANTHUS. Blitum		
— Prostratus......... *		
— Sylvestris (N.)......		

Chénopodées.

BETA. Vulgaris		
— Maritima......... ?		
SPINACIA. Spinosa		
— Inermis		
ATRIPLEX. Portulacoïdes		
— Pedunculata...... ?		
— Rubra .... ?		
— Laciniata......... ?		
— Hastata.......... ?		
— Patula...........?		
— Prostrata......... ?		
— Microsperma...... *		
— Hortensis..........		
— Angustifolia........		
— Littoralis......... *		

Chénopodées (suite).	Nom vulgaire.	Localité.
Blitum. Virgatum	—	—
Chenopodium. Bonus Henricus....		
— Hybridum.		
— Intermedium ..... *		
— Murale...........		
— Rubrum..........		
— Glaucum .... *		
— Opulifolium ...... ?		
— Vulvaria..........		
— Fruticosum....... ?		
— Maritimum....... ?		
Salsola. Kali........... ?		
— Tragus.......... ?		
Salicornia. Herbacea.........		
Polycnemum. Arvense......... *		

Polygonées.

—

Polygonum. Bistorta..........		
— Amphibium		
— Lapathifolium..... *		
— V. *Incanum* ...... *		
— Persicaria		
— Nodosum.........		
— Laxiflorum		
— Hydropiper.......		
— Minus .... *		
— Aviculare.........		
— V. *Erectum*		
— — *Polycnemum*....		

Polygonées (*suite*).	Nom vulgaire.	Localité.
POLYGONUM (*suite*). Maritimum....... ?		
— Dumetorum ...... *		
— Convolvulus........		
— Fagopyrum........		
— V. *Tataricum*		
RUMEX. Maritimus........ *		
— Palustris .... *		
— Pulcher...........		
— Acutus...........		
— Obtusifolius.......		
— Hydrolapathum		
— Crispus		
— Nemolapathum.....		
— Nemorosus		
— V. *Sanguineus*		
— Acetosa..........		
— Acetosella.........		
— Scutatus		

Thymélées.

DAPHNE.	Laurcola......... *		
—	Mezereum .... *		
STELLERA.	Passerina .... *		

Santalacées.

THESIUM.	Linophyllum.		
—	V. *Humifusum*		

		Nom vulgaire.	Localité.

Eléagnées.

—

HIPPOPHAE.	Rhamnoïdes . . . .

Aristolochiées.

—

ARISTOLOCHIA.	Clematitis . . . .
ASARUM.	Europæum . . . .

Euphorbiacées.

—

EUPHORBIA.	Palustris . . . . *
—	Platyphyllos . . . .
—	Dulcis . . . .
—	Sylvatica . . . .
—	Lathyris . . . .
—	Helioscopia . . . .
—	Peplus . . . .
—	Paralias . . . . ?
—	Segetalis . . . . *
—	Portlandica . . . . *
—	Gerardiana . . . .
—	Esula . . . .
—	Tristis . . . . *
—	Exigua . . . .
—	Peplis . . . . ?
MERCURIALIS.	Perennis . . . .
—	Annua . . . .
BUXUS.	Sempervirens . . . . . .
—	V. *Nanus* (N.) . . . . .

Urticées.	Nom vulgaire.	Localité.
Ficus. Carica		
Morus. Nigra............		
Urtica. Dioïca		
— Urens............		
— Pilulifera......... ?		
Parietaria. Officinalis		
— Diffusa............		
Humulus. Lupulus		
Cannabis. Sativa............		

Juglandées.

Juglans. Regia............		

Amentacées.

Ulmus. Campestris		
— V. *Microphylla*.....		
— — *Suberosa*......		
— — *Major*		
— Effusa		
Betula. Alba.............		
— Pubescens.........		
Alnus. Glutinosa..........		
Corylus. Avellana		
Carpinus. Betulus		
Fagus. Sylvatica		
Castanea. Vulgaris		
Quercus. Robur		
— Sessilifolia........		

Amentacées (suite).		Nom vulgaire.	Localité.
Populus.	Alba..............		
—	Tremula		
—	Nigra.............		
—	Fastigiata		
—	Virginiana........		
Salix.	Alba		
—	V. *Vitellina*		
—	Fragilis		
—	Triandra		
—	Purpurea.........		
—	Viminalis.........		
—	V. *Longifolia*......		
—	Lanceolata........		
—	Capræa		
—	Cinerea		
—	Aurita		
—	Repens		
—	Babylonica		
Platanus.	Occidentalis........		
—	Orientalis		
Myrica.	Gale.............		

Conifères.

—

Juniperus.	Communis........		
Pinus.	Sylvestris.........		
—	Maritima.		
—	Laricio		
Abies.	Pectinata.........		
Larix.	Europæa		

Conifères (suite).		Nom vulgaire.	Localité.
Taxus.	Baccata		

Hydrocharidées.

—

| Hydrocharis. | Morsus ranæ....... | | |

Alismacées.

—

Butonmus.	Umbellatus		
Alisma.	Plantago		
—	V. *Angustifolia*		
—	Ranunculoïdes		
—	Repens		
—	Natans...........		
—	Damasonium.......		
Sagittaria.	Sagittæfolia.......		
Triglochin.	Palustre..........		
—	Barrelieri........ ?		
—	Maritimum		

Potamées.

—

Potamogeton.	Natans		
—	Oblongus..........		
—	Fluitans..........		
—	Plantagineus.......		
—	Gramineus........		
—	Lucens		
—	V. *Longifolius*.....		
—	Rubescens.........		
—	Prælongus........		

Potamées (suite).	Nom vulgaire.	Localité.
POTAMOGETON (suite).Perfoliatus		
— Crispus		
— Obtusifolius		
— Acutifolius........		
— Densus...........		
— V. *Angustissimus*...		
— Pusillus		
— Pectinatus		
— Marinus..........		
RUPPIA. Maritima........ *		
— Rostellata .... *		
ZANICHELLIA. Palustris .... *		
— Digyna.......... *		
ZOSTERA. Marina .... ?		
NAYAS. Major........... *		
— Minor .... *		

Lemnacées.

	Nom vulgaire.	Localité.
LEMNA. Trisulca..........		
— Polyrhiza		
— Gibba .... *		
— Minor............		
— Arhiza.		

Orchidées.

	Nom vulgaire.	Localité.
ORCHIS. Latifolia..........		
— Majalis		
— Maculata		
— V. *Trilobata*......		

— 54 —

Orchidées (suite).	Nom vulgaire.	Localité.
Orchis (*suite*). Angustifolia		
— Conopsea		
— Odoratissima		
— Viridis		
— Albida		
— Mascula		
— Laxiflora		
— Palustris		
— Morio		
— Militaris		
— Fusca		
— Ustulata		
— Variegata		
— Galeata		
— Simia		
— Coriophora		
— Cimicina		
— Pyramidalis		
— Bifolia		
— Hircina		
Ophrys. Antropophora		
— Monorchis		
— Myodes		
— V. *Bombifera*		
— Aranifera		
— Arachnites		
— Apifera		
Neottia. Spiralis		
— Æstivalis		
Epipactis. Nidus avis		

Orchidées (*suite*).		Nom vulgaire.	Localité.
EPIPACTIS (*suite*).	Ovata.............		
—	Latifolia..........		
—	Microphylla		
—	Palustris		
—	Pallens........... *		
—	Ensifolia........ *		
—	Rubra .... *		
MALAXIS.	Losellii.......... *		
LIMODORUM.	Abortivum....... *		

Iridées.

—

IRIS.	Pseudo-Acorus.....		
—	Fœtidissima		
—	Pumila		
—	Germanica		
—	Lutescens		
IXIA.	Bulbocodium ..... *		

Narcissées.

—

NARCISSUS.	Pseudo-Narcissus ..		
—	Pœticus		
LEUCOIUM.	Vernum.......... *		
GALANTHUS.	Nivalis		

Liliacées.

—

TULIPA.	Sylvestris .... *		
PHALANGIUM.	Ramosum .... *		
—	Liliago........... *		

Liliacées (suite).		Nom vulgaire.	Localité.
PHALANGIUM (suite).	Bicolor.......... *	—	—
SCILLA.	Nutans...........		
—	Autumnalis....... *		
MUSCARI.	Racemosum		
—	Comosum.........		
ORNITHOGALUM.	Pyrenaïcum....... *		
—	Umbellatum.......		
—	Nutans...........		
GAGEA.	Lutea........... *		
—	Villosa........... *		
ALLIUM.	Ursinum		
—	Carinatum........		
—	Intermedium...... *		
—	Oleraceum		
—	Sphœrocephalum ...		
—	Vineale		

Colchicacées.

—

COLCHICUM.	Autumnale		

Asparagées.

—

ASPARAGUS.	Officinalis		
PARIS.	Quadrifolia.		
CONVALLARIA.	Polygonatum		
—	Multiflora		
—	Maialis...........		
MAYANTHEMUM.	Bifolium .... ?		
RUSCUS.	Acculeatus		
TAMUS.	Communis........		

Joncées.	Nom vulgaire.	Localité.
ABAMA. Ossifraga.........		
JUNCUS. Conglomeratus.....		
— Effusus...........		
— Glaucus..........		
— V. *Longicornis*.....		
— Acutus		
— Maritimus........		
— Squarrosus		
— Acutiflorus		
— Alpinus..........		
— Lampocarpus......		
— Obtusiflorus.......		
— Uliginosus		
— V. *Prolifer*		
— — *Fluitans*.......		
— Bulbosus		
— Gerardi..........		
— Bufonius		
— Tenageya		
— Pygmæus		
LUZULA. Maxima..........		
— Vernalis		
— Forsteri..........		
— Campestris........		
— V. *Multiflora*		
— — *Congesta*		

Aroïdées.	Nom vulgaire.	Localité.
—	—	—
ARUM. Vulgare..........		
— V. *Maculatum*.....		
Typhacées.		
—		
TYPHA. Latifolia		
— Media............		
— Angustifolia ...... ·		
SPARGANIUM. Ramosum		
— Simplex..........		
— Natans.		
— V. *Emersum*...... ·		
Cypéracées.		
—		
CYPERUS. Longus...........		
— Flavescens.		
— Fuscus. .... ·		
SCHOENUS. Nigricans		
— Albus............		
— Fuscus...........		
— Compresses.......		
— Mariscus		
SCIRPUS. Sylvaticus		
— Maritimus........		
— V. *Monostachyus*...		
— Lacustris.		
— V. *Capitatus*.......		
— Glaucus		
— Triqueter........ ·		

Cypéracées (suite).		Nom vulgaire.	Localité.
Scirpus (suite).	Pungens..........		
—	Setaceus..........		
—	Pavii		
—	Palustris		
—	Uniglumis		
—	Multicaulis		
—	Bœothryon.		
—	V. Campestris		
—	Cœspitosus		
—	Fluitans..........		
—	Acicularis.		
Eriophorum.	Latifolium.		
—	Angustifolium.		
—	V. Vaillantii		
—	Gracile...........		
—	Vaginatum		
Carex.	Riparia		
—	Paludosa.		
—	Kochiana.........		
—	Vesicaria.........		
—	Ampullacea		
—	Filiformis.........		
—	Hirta		
—	V. Glabriuscula....		
—	Glauca...........		
—	Pendula..........		
—	Pseudo-Cyperus ...		
—	Pallescens		
—	Drymeja..........		
—	Leptostachys......		

Cypéracées (suite).	Nom vulgaire.	Localité.
CAREX (suite). Panicea'..........		
— Depauperata...... ˙		
— Limosa...........		
— Distans		
— Binervis......... ˙		
— Lævigata.........		
— Fulva............		
— V. *Xanthocarpa* ...		
— Hornschuchiana. . ˙		
— Extensa......... ˙		
— Flava............		
— V. *OEderi*........		
— Tomentosa........		
— Pilulifera.........		
— Præcox		
— Humilis..........		
— Acuta		
— V. *Linearis*.......		
— Stricta...........		
— Cœspitosa		
— Trinervis......... ˙		
— Paniculata........		
— Paradoxa		
— Teretiuscula...... ˙		
— Muricata..		
— Divulsa		
— Vulpina..........		
— Intermedia		
— Arenaria......... ?		
— Divisa...........		

Cypéraces (*suite*).		Nom vulgaire.	Localité.
CAREX (*suite*).	Remota......		
—	Stellulata.........		
—	Canescens		
—	Ovalis............		
—.	Schreberi		
—	Pulicaris		

Graminées.

BROMUS.	Grossus		
—	Secalinus.........		
—	Multiflorus		
—	Mollis............		
—	V. *Compactus*		
—	— *Arenarius*......		
—	Erectus		
—	Racemosus		
—	V. *Elongatus*......		
—	Arvensis		
—	Asper............		
—	Giganteus		
—	Sterilis...........		
—	Tectorum		
—	Madritensis.......		
—	Maximus.........		
FESTUCA.	Myuros		
—	Pseudo-Myuros.....		
—	Sciuroïdes		
—	Uniglumis		
—	Rubra		

Graminées (suite).		Nom vulgaire.	Localité.
FESTIUOA (suite).	V. *Maritima* . . . . . ?		
—	Sabulicola . . . . *		
—	Duriuscula		
—	V. *Dura*		
—	— *Glauca*		
—	— *Hirsuta*		
—	— *Dumetorum*		
—	Heterophylla		
—	Ɵvina		
—	V. *Tenuifolia*		
—	Elatior		
—	Arundinacca		
—	Loliacea		
—	Inermis . . . . *		
MOLINIA.	Cœrulea		
—	Sylvatica		
ARUNDO.	Phragmites		
—	V. *Nigricans*		
DACTYLIS.	Glomerata		
KOELERIA.	Cristata		
—	V. *Pubescens*		
POA.	Pratensis		
—	V. *Anceps*		
—	— *Angustifolia*		
—	Serotina		
—	Trivialis		
—	Nemoralis		
—	V. *Glauca*		
—	— *Coarctata*		
—	— *Montana*		

Graminées (suite).	Nom vulgaire.	Localité.
Poa (suite). Annua............		
— Bulbosa..........		
— V. *Vivipara*.......		
— Compressa........		
— Procumbens......		
— Rigida...........		
Glyceria. Aquatica.........		
— Fluitans..........		
— Maritima........ ?		
— V. *Distans*.......		
— Airoïdes.........		
Briza. Media...........		
— V. *Lutescens*......		
— Minor...........		
Danthonia. Decumbens.......		
Avena. Sativa...........		
— Nuda............		
— Orientalis........		
— Brevis...........		
— Strigosa.........		
— Fatua...........		
— Pratensis........		
— Pubescens.......		
— Thorei..........		
— Flavescens.......		
Arrhenatherum. Elatius..........		
— V. *Precatorium*....		
Holcus. Lanatus..........		
— Mollis...........		
Aira. Cespitosa.........		

Graminées *(suite)*.	Nom vulgaire.	Localité.
AIRA *(suite)*. V. *Parviflora*......	—	—
— Uliginosa.........*		
— Flexuosa..........		
— V. *Montana*.......		
— Caryophyllea.......		
— V. *Multiculmis*.....		
— — *Divaricata*.....		
— Canescens........*		
— Præcox..........		
AIROPSIS. Agrostidea.......		
MELICA. Ciliata...........		
— Uniflora..........		
LEERSIA. Oryzoïdes.........		
AGROSTIS. Spicaventi.......		
— Interrupta........		
— Canina...........		
— V. *Pallida*........		
— Setacea..........*		
— Stolonifera.......		
— V. *Alba*..........		
— — *Gigantea*......		
— — *Aristata*.......		
— — *Compacta*......		
— — *Compressa*.....		
— Vulgaris..........		
— V. *Aristata*.......		
— — *Pumila*........		
— Maritima.........?		
MILIUM. Effusum...........		
— Paradoxum.......		

Graminées *(suite)*.		Nom vulgaire.	Localité,
GASTRIDIUM.	Lendigerum.......		
CALAMAGROSTIS.	Epigeios.		
—	Lanceolata........		
—	Arenaria......... ?		
STIPA.	Pennata.........		
CYNODON.	Dactylon........		
DIGITARIA.	Sanguinalis.......		
—	Filiformis		
POLYPOGON.	Monspeliense ..... ?		
—	V. *Paniceum* ..... ?		
LAGURUS.	Ovatus.......... ?		
PANICUM.	Verticillatum......		
—	Viride		
—	Glaucum.		
—	V. *Prostratum*		
—	Crus-Galli		
—	V. *Muticum*.......		
PHALARIS.	Arundinacea......		
PHLEUM.	Pratense		
—	V. *Nodosum*......		
—	Phalaroïdes.......		
—	Arenarium .... ?		
ALOPECURUS.	Pratensis		
—	Agrestis..........		
—	Bulbosus		
—	Geniculatus.		
—	Fulvus..........		
ANTHOXANTHUM.	Odoratum		
—	V. *Paniculatum* ...		
CYNOSURUS.	Cristatus		

Graminées (suite).		Nom vulgaire.	Localité.
CYNOSURUS (suite).	Echinatus.........?		
SESLERIA.	Cærulea..........		
TRACHYNOTIA.	Stricta..........?		
STURMIA.	Minima		
NARDUS.	Stricta...........		
ROTTBOLLA.	Incurvata		
—	Filiformis........?		
TRITICUM.	Sativum et variétés..		
—	Pinnatum..........		
—	Sylvaticum		
—	Caninum		
—	Repens		
—	V. Aristatum		
—	— Muticum.......		
—	— Glaucum.......		
—	Acutum..........?		
—	Junceum.........?		
—	Loliaceum........?		
—	Halleri..........		
—	Nardus...........		
LOLIUM.	Perenne		
—	V. Cristatum		
—	— Tenue.........		
—	Temulentum.......		
—	Multiflorum........		
—	V. Decompositum...		
SECALE.	Cereale		
ELYMUS.	Arenarius........?		
—	Europæus........		
HORDEUM.	Vulgare..........		

Graminées (*suite*).	Nom vulgaire.	Localité.
HORDEUM (*suite*). Secalinum........		
— Murinum.........		
— Maritimum........?		

FIN PU CATALOGUE.

ERRATA.

Page 11, *au lieu* de SAGINA. Procumbeus, *lisez* SAGINA. Procumbens.
— 16,   —   de ONIONIS, *lisez* ONONIS.
— 21,   —   de SANQUISORBA, *lisez* SANGUISORBA.
— 52,   —   de BUTOMNUS, *lisez* BUTOMUS.
— 62,   —   de FESTIUCA, *lisez* FESTUCA.

FIN DE LA TABLE.

www.ingramcontent.com/pod-product-compliance
Lightning Source LLC
Chambersburg PA
CBHW070823260626

47161CB00006B/2391

* 9 7 8 2 0 1 3 0 1 2 9 6 6 *